Tucholsky   Wagner   Zola   Scott   Sydow   Freud   Schlegel

Turgenev   Wallace   Fonatne

Twain   Walther von der Vogelweide   Fouqué   Friedrich II. von Preußen

Weber   Freiligrath   Frey

Fechner   Fichte   Weiße Rose   von Fallersleben   Kant   Ernst   Frommel

Richthofen

Hölderlin

Fehrs   Engels   Fielding   Eichendorff   Tacitus   Dumas

Faber   Flaubert

Eliasberg   Ebner Eschenbach

Feuerbach   Maximilian I. von Habsburg   Fock   Eliot   Zweig

Ewald   Vergil

Goethe   Elisabeth von Österreich   London

Mendelssohn   Balzac   Shakespeare

Lichtenberg   Rathenau   Dostojewski   Ganghofer

Trackl   Stevenson   Doyle   Gjellerup

Mommsen   Tolstoi   Hambruch

Thoma   Lenz   Hanrieder   Droste-Hülshoff

Dach   Verne   von Arnim   Hägele   Hauff   Humboldt

Reuter   Rousseau   Hagen   Hauptmann

Karrillon   Garschin   Baudelaire   Gautier

Damaschke   Defoe   Hebbel

Descartes

Wolfram von Eschenbach   Dickens   Schopenhauer   Hegel   Kussmaul   Herder

Bronner   Darwin   Melville   Rilke   George

Grimm Jerome   Bebel

Campe   Horváth   Aristoteles   Proust

Bismarck   Vigny   Barlach   Voltaire   Federer   Herodot

Gengenbach   Heine

Storm   Casanova   Tersteegen   Grillparzer   Georgy

Chamberlain   Lessing   Langbein   Gilm   Gryphius

Brentano   Lafontaine

Strachwitz   Claudius   Schiller   Kralik   Iffland   Sokrates

Katharina II. von Rußland   Bellamy   Schilling

Gerstäcker   Raabe   Gibbon   Tschechow

Löns   Hesse   Hoffmann   Gogol   Wilde   Vulpius

Luther   Heym   Hofmannsthal   Klee   Hölty   Morgenstern   Gleim

Roth   Heyse   Klopstock   Kleist   Goedicke

Luxemburg   Puschkin   Homer   Mörike

La Roche   Horaz   Musil

Machiavelli   Kierkegaard   Kraft   Kraus

Navarra   Aurel   Musset

Nestroy   Marie de France   Lamprecht   Kind   Kirchhoff   Hugo   Moltke

Nietzsche   Nansen   Laotse   Ipsen   Liebknecht

Marx   Ringelnatz

von Ossietzky   Lassalle   Gorki   Klett   Leibniz

May   vom Stein   Lawrence   Irving

Petalozzi   Knigge

Platon   Kafka

Sachs   Poe   Pückler   Michelangelo   Kock   Korolenko

Liebermann

de Sade   Praetorius   Mistral   Zetkin

Der Verlag tredition aus Hamburg veröffentlicht in der Reihe **TREDITION CLASSICS** Werke aus mehr als zwei Jahrtausenden. Diese waren zu einem Großteil vergriffen oder nur noch antiquarisch erhältlich.

Symbolfigur für **TREDITION CLASSICS** ist Johannes Gutenberg (1400 — 1468), der Erfinder des Buchdrucks mit Metalllettern und der Druckerpresse.

Mit der Buchreihe **TREDITION CLASSICS** verfolgt tredition das Ziel, tausende Klassiker der Weltliteratur verschiedener Sprachen wieder als gedruckte Bücher aufzulegen – und das weltweit!

Die Buchreihe dient zur Bewahrung der Literatur und Förderung der Kultur. Sie trägt so dazu bei, dass viele tausend Werke nicht in Vergessenheit geraten.

Ein Berliner Junge

Adolf Damaschke

Impressum

Autor: Adolf Damaschke
Umschlagkonzept: toepferschumann, Berlin

Verlag: tredition GmbH, Hamburg
ISBN: 978-3-8424-8905-9
Printed in Germany

Kindheit Rosenthaler Straße 39

In der Rosenthaler Straße 39 wurde ich am 24. November 1865 geboren. Die Straße, die am Hackeschen Markt beginnt, ist eine der belebtesten des Berliner Zentrums. Das Haus Nr. 39 bestand aus einem Vorderhaus, in dem sich im Erdgeschoß das Möbellager von Dessin befand, darüber einige Wohnungen. Aus dem Hausflur ging eine tiefe Treppe hinab zu einem Budikerkeller. Trotzdem wir die ersten zehn Jahre meines Lebens in dem Hause wohnten, kann ich mich nicht entsinnen, mehr als zweimal in diesem Keller gewesen zu sein, und dann auch nur, um Bestellungen auszurichten. An das Vorderhaus schloß sich ein langer Seitenflügel. Der Hof war schmal. Er wurde gegen das Nachbarhaus durch eine hohe, kahle Mauer, die heute niedergelegt ist, abgeschlossen. Am Ende des Hofes, der uns Kindern endlos lang vorkam, war geradezu der Eingang zu »Fritz Kellers Gartenlokal«, links davon bildete ein zweiter Hausflur die Verbindung zum Hinteren Hof. Von diesem dunklen Hausflur führte links eine Treppe ab, die auch beim lichtesten Tage nie von einem Lichtstrahl erreicht wurde. Auf ihr kam man zunächst in eine große Tischlerwerkstatt, dann zur Wohnung und Werkstatt eines Tapezierers. Im zweiten Stock lag unsere Werkstatt und Wohnung. Auf dem zweiten Hof war eine Wagenremise, der Stall für die Pferde des Möbellagers Dessin, ein Heuboden und eine Reihe von Aborten; denn Wasserklosetts wie heute gab es noch nicht, am wenigsten in Hofwohnungen.

Von unseren Nachbarn in diesem Hinterhause kann ich aus frühester Jugend mich noch eines Schlossers Sommer erinnern. Sein einziger Sohn war wohl fünf oder sechs Jahre älter als ich. Der Mann verunglückte tödlich, und die Leiche wurde in dem Waschkeller aufgebahrt. Ich weiß noch, wie es mir durch und durch ging, als ich mit dem Sohne des Toten durch die halbgeöffnete Tür zu dem Sarg hinübersah und der Junge weiter nichts zu sagen hatte als: »Jetzt kann ich mir Bonbons kaufen und Zigarren, soviel ich will; jetzt kann er es nicht mehr verbieten!«

Geschwister

Meinen Eltern wurde 1860 ihr ältester Sohn Gustav geboren. Ein Zwillingspaar, ein Knabe und ein Mädchen, folgte 1862. Der Knabe starb nach einigen Monaten; die Schwester Anna nach zwei Jahren. Mutter hat an diesem Verlust schwer getragen. Oft erzählte sie, Anna sei so schön gewesen, daß die Leute auf der Straße sich nach ihr umgesehen hätten, wenn sie mit dem Kinde vorübergegangen wäre. Ich habe es immer als einen großen Mangel empfunden, daß ich keine Schwester hatte. Es wird ein ganz anderes Verhältnis zum andern Geschlecht, wenn man schon in derselben Familie etwas von dem Kriegführen unter den Geschlechtern von früh auf lernt. Mit manchem Nimbus verschwindet doch auch manche verzerrte Auffassung in solchem Kleinkrieg geschwisterlicher Liebe.

Kurzsichtig

Als ich geboren war, weinte Mutter laut auf: »Der Junge hat ja keine Augen!« Aber die Hebamme beruhigte sie, ich wäre nur so dick, daß die Augen zugequollen wären. Ich weiß nicht, ob es damit irgendwie zusammenhängt, aber die Tatsache blieb: von Jugend an war ich als einziger in der Familie kurzsichtig. Ich empfand es lange als eine Art Anrecht, dessen ich mich zu schämen hätte, und verbarg es, leugnete es wohl ab, obgleich daraus in steigendem Maße Schwierigkeiten erwuchsen. Ich konnte die Normaluhr auf dem nahen Hackeschen Markt nicht erkennen, ebensowenig die Uhr der nahen Sophienkirche vom Rosenthaler Garten aus, was die Freunde einmal benutzten, mich vom Besuch der Nachmittagsschule abzuhalten, indem sie immer wieder beteuerten, es sei noch nicht Zeit. In der 58. Schule schickte mich der Lehrer als Klassenersten einmal auf den Flur, um zu sehen, ob die Schuluhr schon vier sei. Ich konnte sie nicht erkennen; aber ich schämte mich, es zu sagen, und da meine Neigung stark für Schulschluß war, erklärte ich, es wäre Zeit. Darauf wurde geläutet; alle Klassen traten zusammen. Aber es stellte sich heraus, daß noch eine Viertelstunde fehlte. Die Klassen brachten diese Zeit auf dem Hofe zu. Ich selbst aber konnte keine Erklärung für meine irreführende Angabe geben, da ich, wie gesagt, die Tatsache meiner Kurzsichtigkeit ängstlich verbarg. In der Schularbeit hat mir das insoweit geholfen, als ich von vornherein auf jedes Absehen von dem Nachbar verzichten mußte, was mir auf die Dauer zugute kam.

Wo sollte man sein?

Eigentlich hatte ich – wie wohl jedes Kind der Mietkaserne – keine Stätte, wo ich von Rechts wegen sein durfte. In der engen Wohnung war für ein gesundes Kind mit seinem Bewegungs- und Betätigungstrieb natürlich kein Raum. Auf dem Hofe fand sich der übliche Anschlag »Der Aufenthalt auf dem Hofe und das Spielen sind verboten!« Auf die Straße zu gehen, hatte Mutter untersagt wegen der Gefahren in dieser lebhaften Verkehrsgegend. Ja, wo sollte man denn sein? Überall, wo man war, verstieß man gegen Vorschriften, und es unterliegt keinem Zweifel, daß die Autoritätlosigkeit unserer Großstadtjugend zum guten Teile auf diese Verhältnisse zurückzuführen ist, die sie geradezu nötigt, sich jede Lebensmöglichkeit im Kampfe gegen irgendeine Autorität zu erzwingen.

Die beiden Freunde

Meine nächsten Spielgefährten wurden die beiden Altersgenossen des Hauses: der einzige Sohn des Inhabers des Gartenlokals, Fritz Keller, und ein Sohn des Vorderhauses, Fritz Veit. Veits waren neben Dessins die Vornehmsten im Hause. Der Vater, ein feiner, alter Mann, hatte mich liebgewonnen, und wenn wir mit ihm Ausflüge machten, betonte er stets die Gleichheit in unseren Anrechten. Ich habe das dankbar empfunden, namentlich wenn wir drei gingen, Maikäfer zu suchen. Das war nicht ganz leicht, da ganz früh aufgebrochen werden mußte, um in der Kastanien- oder Pappelallee die vielbegehrten Käfer an den Wurzeln der großen Bäume auszugraben. Kamen wir zu spät zu erfolgreicher Jagd, so kamen wir doch nie mit leeren Händen zurück, da der alte Herr Veit nach Sonntagsjägerart das, was wir nicht selbst gewannen, von glücklicheren Jägern erwarb. Diese Maikäfer fanden vielfache Verwendung: zunächst für sehr geschätzten Spiritus zum Einreiben, dann aber auch als Gegenstand schwungvollen Handels. Hier lernten wir zuerst die Grundsätze aller Volkswirtschaft kennen. War das Angebot groß, so mußten drei für eine Nadel gegeben werden –»Käfermai, Käfermai, für eine Nadel gibt es drei!«– war es klein, so konnte man wohl einen Pfennig für einen Käfer erhoffen. Die Käfer selbst wurden wieder nach ihrer Seltenheit gewertet. Kenner schieden sie nach der Farbe ihres Schildes. Am gesuchtesten waren die mit Purpurschildern, die»Kaiser und Könige«, dann kamen die mit den weißen (»Müller«) und die mit den schwarzen Schildern (»Schornsteinfeger«) und endlich das gewöhnliche Volk. –

In die Schule ging ich mit keinem von meinen beiden Freunden, da sie natürlich die höhere Schule besuchten und ich die Volksschule. Ich entsinne mich auch nicht, daß wir von Schule, Schularbeiten oder Schulabenteuern miteinander sprachen. Wenn wir nicht besondere Spiele oder Streiche vorhatten, mußte ich ihnen Geschichten erzählen. Wir saßen dann am liebsten zusammengekauert in einer Ecke des Vorraumes zum Eingang des Kellerschen Lokals, und dann baten sie:»Erzähle!« Es war ganz gleich was – Märchen, Geschichten aus der Geschichte. Natürlich war dabei das Gruseln ein Hauptvergnügen.

Als wir drei Freunde älter wurden, unternahmen wir auch manchen Streifzug in die benachbarten Straßen. Wo heute die Stadtbahn um den Bahnhof Börse donnert, floß oder stand vielmehr ein trüber Kanal, der »Zwirnsgraben«, über den die Herkulesbrücke führte, deren Standbilder jetzt auf der Lützowbrücke stehen. Vor der alten, steinernen, geheimnisvollen Sphinx und dem fürchterlichen Löwen, der mit dem Herkules kämpft, haben wir oft staunend gestanden.

Völlig unverständlich war es uns, wenn wir von Erwachsenen nach der nahen Sophienstraße gefragt wurden, was ziemlich häufig vorkam, weil in dieser schmalen Straße der Handwerkerverein seine regelmäßigen Versammlungen hielt. Daß große Menschen nicht wußten, wo die Sophienstraße war, schien uns zu sonderbar. Kopfschüttelnd sahen wir derartig bedauernswerten, von uns mitleidig zurechtgewiesenen Menschen nach.

Spiele

Eins unserer liebsten Spiele war das Reifenspiel, und es war Ziel löblichen Ehrgeizes, einmal seinen Reifen von unserem Hause bis zur nächsten Querstraße, der Sophienstraße, hin und zurück zu treiben, ohne daß er von einem der vielen Fußgänger umgestoßen wurde. Am schönsten konnte man diesen Sport in den Hallen der Nationalgalerie treiben. Unverständig erschienen uns nur die Erbauer, die offenbar den Standpunkt des Reifenspieles in seiner Bedeutung noch nicht genügend erfaßt hatten, da sie rücksichtslos genug gewesen waren, die schönen Asphaltbahnen durch störende Stufen zu unterbrechen, die aus den Säulengängen zu den Fahrwegen hinabführten. Dagegen war es eine angenehme Unterbrechung des Reifenspieles, unter der großen Granitschale umherzukriechen, die vor dem alten Museum aufgestellt ist, oder dem Panther Fell oder Schwanz zu streicheln, mit dem die Amazone auf der Treppe des Museums zu kämpfen hat.

So verhältnismäßig nahe auch Nationalgalerie, Altes Museum und Lustgarten waren, so selten kamen wir doch dorthin. Kinder haben für die Größe der Gebäude sowie für die Länge der Straßen einen anderen Maßstab als Erwachsene. Die Länge des Körpers gibt hier wohl die Grundlage aller Längenmaße. So spielt sich Kinderleben in der Regel nur in der unmittelbarsten Nachbarschaft der Wohnung ab – eine Tatsache, die jeden, der gesunde Kinder für unser Volk erstrebt, zwingen müßte, für Heimstätten einzutreten, bei denen unmittelbar aus der Wohnung ein Garten erreichbar ist.

Unser langgestrecktes, finsteres Gebäude lud namentlich in den Dämmerstunden zum Versteckspielen ein. Einst fragte mich eine meiner Töchter:»Hast du auch als Junge gerufen ›Anschlag vor mir?‹« Sie hatte das mit Verwunderung auf der Straße gehört. Ich mußte lachen. Natürlich! Ein Berliner Junge kannte auf der Straße grundsätzlich nie den vierten Fall. Er brauchte immer den dritten – allerdings auch dann, wenn er richtig war. Beim Versteckspiel helfen sich die Berliner Jungens und Mädels, indem sie nicht rufen»für mir«, sondern»vor mir«. Wer gewagt hätte zu rufen:»Anschlag für mich«, wäre einfach unmöglich gewesen; man hätte ihn für krank oder für geziert gehalten, oder aber, was ja zutreffend gewesen wäre, für jemand, der nicht einmal »berlinisch« reden könne. Ein besonders beliebter Ort war der Heuboden, weniger natürlich zur Freude des Kutschers Friedrich, der mit seinem langen, roten Bart immer dann auftauchte, wenn wir es uns dort am behaglichsten eingerichtet hatten. Von diesem Heuboden konnte man durch ein kleines Fenster mit einigen Schwierigkeiten auf das Dach der Kegelbahn in Kellers Garten klettern; kroch man dann dieses Dach entlang, so kam man zu dem Ast eines Baumes, mit dessen Hilfe man endlich in den Garten gelangen konnte – ein etwas umständlicher Weg, der aber dadurch, daß sowohl die Eltern als auch Herr Keller vor ihm warnten, natürlich seinen besonderen Reiz auf uns ausübte.

Im Winter, wenn wir nicht auf dem Hofe und auf der Straße sein konnten, war das Kriegsspiel beliebt. Am Feierabend oder Sonntags, wenn die langen Hobelbänke leer waren, wurden unsere Bleisoldaten vorgenommen. Jeder bekam die gleiche Anzahl, und dann wurde entweder mit Erbsen aus kleinen Kanonen geschossen oder mit »Murmeln« versucht, die gegnerischen Streitkräfte umzuschieben. Waren die Hobelbänke besetzt, so wurde auch, nicht immer zur Freude der Mutter, der Fußboden dazu in Anspruch genommen, sei es bei uns oder bei Fritz Veits großen Schwestern. – Sonntags sahen wir wohl einen sogenannten Guckkasten an, den Vater hergestellt hatte. Man erblickte allerlei Wunder der Welt. Die blaue Grotte von Capri sehe ich noch vor mir. Daneben waren Schlachtenbilder von 1870/71 bevorzugt.

In jedem Jahre ging es auf den Weihnachtsmarkt. Er bedeckte noch den ganzen Schloßplatz und den ganzen Lustgarten, und seine Schätze waren den Augen eines kleinen Menschenkindes unermeßlich. Das erste, was man erbettelte, war eine Knarre oder ein »Walddeibel«. Die Freude des Weihnachtsmarktes wäre nur halb gewesen, wenn man sich selbst nicht nach Kräften an der Hervorbringung des allgemeinen Lärms beteiligt hätte.

Alle Brettspiele lernte ich früh und brachte es in ihnen zu einiger Fertigkeit. Vaters liebstes Spiel war Schach. Von meinem siebenten bis neunten Jahre habe ich wohl täglich mit ihm spielen müssen. Oft mußte die Partie abgebrochen und auf den nächsten Tag verschoben werden, wenn Vaters so karg bemessene Freizeit vorüber war, ohne daß wir im Spiele zu einer Entscheidung gekommen waren. Mit acht und neun Jahren hatte ich einen gewissen Ruf als Schachspieler, und es kam ziemlich häufig vor, daß Fritz Keller von seinem Vater heraufgeschickt wurde: unten wäre ein Gast, der von mir gehört hätte; ob ich nicht hinunterkommen und mit ihm Schach spielen wolle.

Im Wasser

Im Sommer badeten wir, wenn irgendmöglich, täglich in der Spree. In den Volksbadeanstalten kostete ein Bad fünf Pfennig, oder wie wir, die wir noch den alten Groschen zu zwölf Pfennig kannten, natürlich sagten: einen »Sechser«. Aber das war zu teuer. Und so bewarb man sich, meist mit Erfolg, um eine städtische Freikarte, unsere Sechser-Badeanstalt lag in der Burgstraße und hatte durch die Nähe des Mühlendammes verhältnismäßig guten Wellenschlag und reines Wasser. Ich weiß nicht, in welchem Jahre ich mit dem Baden in der Spree begann. Es war gewiß sehr früh. Ich weiß auch nicht, wie ich schwimmen lernte. Man hielt sich eben an den Gitterstäben fest, zog die Beine möglichst hoch, stieß sich ab und versuchte dann, sich möglichst lange gegen das Untergehen mit Händen und Füßen zu wehren. Jedenfalls, als ich acht Jahre alt war, war ich durchaus sicher im Wasser und konnte jede Art des Schwimmens. Es mußte eben sein; denn in diesen Badeanstalten, die von Berliner Jungens überfüllt waren, herrschte ein herzlicher, aber rauher Ton, und eher als das Dichterwort selbst lernte man seine Wahrheit kennen, nach dem sich ein Charakter nur im Strom der Welt bildet. Man mußte sich eben wehren: auf den Treppen, auf dem Sprungbrett, im Wasser – Schonung oder mildernde Umstände hatte niemand zu erwarten. Und das ist gut so.

Man setzte seinen Stolz darein, möglichst lange im Wasser zu bleiben, gewöhnlich bis die Fingerspitzen blau wurden. Und war man dann gerade mit dem Anziehen fertig und es kam ein guter Kamerad, dann zog man sich wohl wieder aus – »damit der andere nicht so allein wäre«.

Dieses Baden setzt in dem gefährlichen Alter der Geschlechtsreife viel überschüssige Kraft in gesunde Übung um. Und von allem Sport scheint mir der gesündeste das Schwimmen zu sein, weil es in völlig staubfreier Luft den Körper gleichmäßig auszubilden vermag. Doch von allen diesen Überlegungen hatten wir vor fünfzig Jahren natürlich keinen Begriff. Man traf sich, stieß sich, tauchte und wurde getaucht. Die Überlegung tritt in der Regel erst ein, wenn das natürliche Genießen nicht mehr möglich ist.

Erster Ehrgeiz

Wie verschiedene Ziele doch der Ehrgeiz sich in verschiedenen Lebensaltern setzt! Eine Zeitlang bestand unter uns ein stark ausgeprägtes Streben nach Ehre darin, die dicksten Schnitten zu haben und diese – Schnitten ist natürlich kein Berliner Ausdruck, es muß Stullen heißen! – Stullen nicht von der Mutter direkt zu holen, sondern sie möglichst umständlich zu erhalten. Am stolzesten war man, wenn man sie vom Fenster im zweiten Stockwerk durch eine Schnur hinuntergelassen erhielt. Das geschah natürlich erst, wenn das viele Geschrei:»Mutta, ich habe Hunga!« eben so unausstehlich wurde, daß die Vielgeplagte sich entschloß, in dieser umständlichen Art die soziale Frage ihres Jüngsten zu befriedigen. Einmal allerdings mußte ich meine Vesperstulle mit herunternehmen. Ich stand in der offenen Tür der Werkstatt. Die Gesellen ruhten wohl. Vater war noch an seiner Hobelbank beschäftigt. Ich war höchst unzufrieden, weil die Stulle nicht meinen Ansprüchen auf Dicke genügte. Immer wieder hob ich sie beschwörend in die Höhe:»So ne olle dünne!« Ich wagte damit gar nicht, meinen Spießgesellen unter die Augen zu kommen. Zunächst wollte Vater gut zureden; aber als mein Geklöne nicht aufhörte, sah er sich um:»Ist denn hier keine Latte?« – ein Zauberwort, darob ich sofort mit Mutters Stulle verschwand. Ich habe sie dann voller Scham auf der dunklen Treppe rasch verschlungen. Später hat der Ehrgeiz etwas andere Ziele gesucht.

Das Ende des Freundes

Als wir etwa neun Jahre alt waren, kam Fritz Veit eines Morgens ganz früh zu mir, um Abschied zu nehmen. Es waren Herbstferien, und der glückliche reiche Junge konnte »auf Ferien fahren«. Er besuchte den Amtsvorsteher in dem benachbarten Dalldorf. Am Nachmittag schon brachte man seine Leiche. Er war auf einen Erntewagen gestiegen, wollte die Zügel ergreifen, war ins Rutschen gekommen, vom Wagen gestürzt und von diesem überfahren worden. Ich sehe noch das blutige Kind vor mir, dessen kleiner, schöner Kopf so zerschmettert war, daß er durch ein Tuch zusammengebunden werden mußte. Seine Mutter erschrak bei diesem unerwarteten, fürchterlichen Anblick ihres Lieblings so, daß sie ein Leiden bekam, von dem sie sich nicht wieder erholte. Und diese schöne Frau, die soviel Gutes getan hatte, erlitt durch den Magenkrebs gleichsam den Hungertod.

Freunde fürs Leben

Meine besten Freunde wurden bald die Bücher, und sie sind es bis heut geblieben. Als Kind las ich, was mir in die Hände fiel. Es gab in meiner Jugend, ohne daß man wohl den Namen schon kannte, auch Schundliteratur. Es waren kleine Hefte mit buntem Umschlag und möglichst aufreizendem Titel – zumeist unmögliche Geschichten von Indianern und Seeräubern. Am Geburtstage oder zu Weihnachten, wenn morgens beschert wurde, sah ich, noch im Bett liegend, den Geburtstagstisch, den Vater und Mutter immer so wunderschön aufgebaut hatten – mit den acht oder neun Lichtern, die auf ihm brannten – und darunter ausgebreitet, was sie mir geben konnten, – aber ich griff dann immer zuerst nach dem Buche und vergaß alles andere. Und oft hat mein älterer Bruder mir zuflüstern müssen:»Laß doch einmal das Buch; freu' dich auch über die anderen Sachen!« Aus dieser Liebe für das Lesen ist mir eine Erinnerung von ganz eigener Art lebendig geblieben. Auf irgendeine Weise waren in unseren Besitz dreißig Hefte eines Kolportageromans gekommen:»Rinaldo Rinaldini, der große Räuberhauptmann«. Die Eltern hatten verständigerweise die Hefte in irgendeine Kiste geworfen. Ich versuchte nun, an diesen in meinen Augen unerschöpflichen Lesevorrat heranzukommen. Meine Bitte wurde abgeschlagen; aber ich kam immer wieder, bat, versprach, schmeichelte, bis endlich einmal Vater und Mutter sagten:»Nun, dann nimm sie; dann läßt du uns wenigstens in Ruhe!« Ich weiß noch heute: diese Genehmigung berührte mich schmerzlich. Es tat mir weh, daß die Eltern nachgaben. Für eine Ohrfeige wäre ich ihnen dankbar geblieben. So nahm ich die Hefte widerwillig. Ich habe sie nur durchgeblättert ohne Freude. Es ist etwas Eigenes um Bitten der Kinder. Sie haben in den meisten Fällen ein sehr feines Gefühl dafür, ob man ihnen mit dem Versagen oder Gewähren einen Dienst erweist. Und viele Bitten entspringen nur dem Wunsche nach einer Machtprobe, oder sie sind ohne jede bewußte klare Zielsetzung. Eltern, die zu oft nachgeben,»weil sie die Kinder so sehr liebhaben«, verlieren gerade dadurch am sichersten die Achtung, die die Grundlage jeder wahren und dauernden Liebe allein sein kann.

Der Bettkasten

Unsere Wohnung im Hinterhaus bestand aus Stube, Kammer und Küche. Die Kammer wurde »natürlich« vermietet. Wir begnügten uns mit der einen Stube. Sie konnte unsere Betten nicht fassen. So habe ich denn in den ersten zehn Jahren meines Lebens nie ein Bett gehabt. Ich schlief in einem »Bettkasten«, der auf Rollen lief, abends unter dem Bett hervorgezogen und mit den Kissen, die am Tage auf dem Bett lagen, zurechtgemacht wurde. Kinder haben eben kein Bett! Das war eine Sache, die selbstverständlich schien, weil man es nicht anders kannte. Nun war es in diesem Falle nicht gar so schlimm, weil man morgens und abends noch die geräumige Werkstatt zur Verfügung hatte. Als aber bei der letzten Friedenszählung am 2. Dezember 1910 in Klein-Berlin 41 968 Wohnungen festgestellt wurden, die nur ein einziges heizbares Zimmer aufwiesen, aber von fünf bis dreizehn Menschen verschiedenen Alters und Geschlechts dauernd bewohnt waren – da mußte jedem, der solche Verhältnisse überhaupt durchdenken konnte, ein Gefühl quälender Angst um die Zukunft unseres Volkes aufsteigen!

Unser »möblierter Herr«

In unserer Kammer wohnte jahrelang ein merkwürdiger Mensch. Er stammte aus einer der bekanntesten Familien Brandenburgs. Sein Vater soll in einer Nacht sein großes Gut im Trunk verspielt haben. Ich sah den verarmten Großgrundbesitzer einmal später in einer Mietwohnung des Ostens und habe den Mann scheu betrachtet, der so namenloses Unglück über die stille Frau, die bei ihm in dem armen Zimmer saß, und über die Kinder gebracht hat. Der jüngste Sohn, der bei uns wohnte, hatte den glühenden Wunsch, wenigstens seine Schulbildung abzuschließen. Er trug stets einen langen, abgetragenen Schlafanzug, an dem Mutter manchmal heimlich flickte, damit er nicht ganz auseinanderfiel. Abends spielte er mit Vater oder mir Schach und aß dazu trockenes Brot, das er aus der Tasche seines Schlafrocks stückweise nahm. Mutter suchte irgendwelche Gelegenheit, ihn zum Mitessen zu bewegen; aber er war sehr scheu, und es gelang nicht immer. Er hätte gern den geringen Mietzins für die Kammer abverdient, indem er mir lateinischen Unterricht gab. Wir begannen auch damit. Aber wenn die anderen Jungen unten riefen, wurde es mir zu langweilig, und die Eltern waren so schwach nachzugeben, was ich später oft bedauert habe. Was hätte es einem gesunden Jungen, der den Tag frei hatte, geschadet, wenn er ein Jahr oder zwei fest zum Lernen gezwungen worden wäre, und wie mannigfachen Vorteil hätte ich in meinem Leben von einer Grundlage in der lateinischen Sprache unmittelbar und mittelbar haben können!

Vaters Krankheit

Aber das soll natürlich kein Vorwurf sein – Vater und Mutter hatten wirklich ein Recht, müde zu sein und alles abzulehnen, was über den Kampf ums tägliche Brot hinaus Willen und Kraft forderte. Dieser Kampf wurde immer schwerer. Vater war nicht gesund. Er litt an Krampfanfällen. Es waren oft bange Stunden, wenn er von einem Geschäftsgang nicht wiederkam und dann endlich gebracht wurde – meist von der Polizei, die ihn irgendwo auf der Straße in Krämpfen gefunden hatte. Diese schwere Hemmung wurde überwunden, als ich etwa neun Jahre alt war. Vater mußte sich einen Zahn ziehen lassen. Ob irgendein Fehler dabei vorkam, weiß ich nicht. Jedenfalls war das Bluten nach dem Zahnziehen nicht zu stillen. Auch ein in der Angst herbeigerufener Arzt vermochte es erst zum Stillen zu bringen, als er feststellen mußte: »Nun noch einen Fingerhut voll, und das Leben ist verloren!« Nach diesem Blutverlust lag Vater lange Zeit krank. Als er sich aber erholte, waren die Krampfanfälle verschwunden.

Handwerkersorgen

Am häufigsten und zuletzt wohl ausschließlich wurden in unserer Werkstatt sogenannte Sofatische hergestellt. Das Kostbarste an ihnen war ihre dünne Mahagonischicht. Es war jedesmal eine große Aufgabe, diese teure Holzschicht so aufzulegen, daß keinerlei Unebenheiten entstanden. Vater war darin wohl übergenau. Von Kennern wurden seine Tische besonders geschätzt. Aber die Kenner bilden immer die Minderheit. Nach dem siegreichen Krieg von 1870/71 kamen die Neureichen jener Zeit auf, und Dessin, an den er die meisten Tische lieferte, sagte immer häufiger: »Sie müssen billiger arbeiten, Meister! Die Leute, die Tische kaufen, haben wirklich kein Urteil über die Sorgfalt, die Sie darauf verwenden – billig, billig!« Und dann kam der Jammer, daß die Möbelfabriken die gelieferten Tische nicht gleich bezahlten, sondern auf Lager nahmen, während Vater den Gesellen jeden Sonnabend den Lohn auszahlen mußte. Wie oft ist da Mutter gegangen, Freitag oder Sonnabend, und hat Wertgegenstände versetzen müssen, nur damit am Sonnabend der Lohn zur rechten Zeit vorhanden war. Es ist heute noch eine der erbärmlichsten Pflichtverletzungen auf sozialem Gebiet, wenn Leute die Bezahlung der Dienste des Handwerkers »vornehm« vergessen und hinausschieben. Sie wissen gar nicht, wieviel Verlegenheit, wieviel wirkliche Not sie dadurch verbreiten! Das Wort der Bibel, daß man mit dem Auszahlen des Lohnes nicht länger zögern dürfe, als bis die Sonne untergehe, sollte viel mehr als eine ernste soziale Pflicht erkannt und geübt werden.

Und dazu kam der ungeheuerliche Zwischenverdienst. Als ich einmal mit Vater über den Gendarmenmarkt ging und einen Neuaufbau des Möbelgeschäfts von Pfaff sah, fuhr er bitter auf: »Das wird zum Teil auch aus unseren Knochen erbaut!« Es ist ja noch eine große Frage, wie der Weg vom Erzeuger zum Verbraucher gewonnen werden kann, ohne daß der Zwischenhandel den Hauptteil des Verdienstes beschlagnahmt. Das Problem wird wohl noch manche Geschlechter beschäftigen. Irgendwie aber muß es einmal in anderer Weise gelöst werden, als es heute noch der Fall ist.

Unser Haus

Unsere wirtschaftliche Lage zu jener Zeit kann ich rückblickend nicht übersehen. Ich weiß nur, daß wir ein Haus in der Bellermannstraße besaßen. Das ist eine Straße im Norden Berlins, die erst in neuester Zeit durch die sogenannte Millionenbrücke dem Verkehr erschlossen worden ist. Wir machten öfter Sonntagsspaziergänge nach diesem Hause. Die Gegend war in jener Zeit fast noch ganz ländlich. Oft überlegten die Eltern, ob sie nicht in dieses ihr Haus ziehen wollten; aber die Entfernung zu den großen Möbelhandlungen blieb immer ein Hinderungsgrund. Von unseren Mietern wurde natürlich häufig gesprochen. Ich habe nur die Schilderung eines sehr ungleichen Paares behalten, das ich dann mit erstaunten Augen sah. Der Mann war außerordentlich groß und breit und die Frau klein und dürr. Aber die Frau hatte so unbedingt die Herrschaft im Hause, daß lachend erzählt wurde, der Mann müsse auf ihren Befehl eine Fußbank oder einen Stuhl bringen, auf den sie dann stieg, um ihn mit Ohrfeigen abzustrafen, wenn er sich ihre Ungnade zugezogen hatte.

Dieses Haus wollten oder mußten meine Eltern verkaufen, und Mutter hat oft erzählt, wie sie einmal gerade noch fünf Silbergroschen gehabt habe und geschwankt, ob sie dafür Brot kaufen oder noch eine Anzeige im Intelligenz-Kontor in der Kurstraße aufgeben wolle. Sie wählte das letztere. Diese Anzeige hatte Erfolg. Meine Eltern verkauften das Haus – um zu hören, daß es der Käufer sechs Wochen später mit einem unverdienten Wertzuwachs von 5000 Talern, das sind 15 000 Mark, weiterverkauft habe. 5000 Taler, das war eine große Summe! Wer die zusammensparen wollte, einen Taler zu dem andern, der mußte viel arbeiten und viel entbehren. Vater und Mutter taten es, und es waren wohl glückliche Stunden, wenn Vater rechnete, daß er vielleicht 94 oder 95 Taler zusammen habe, und Mutter dann von dem so kargen Wirtschaftsgelde heimlich so viel erspart hatte, daß für 100 Taler irgendein mündelsicheres Papier gekauft werden konnte!

Ein edler Betrüger

Diese Papiere wurden in dem alten Bankgeschäft von Securius im Roten Schloß erworben und hinterlegt. Ein höherer Bankbeamter dort nahm sich besonders freundlich Vaters an. Als er in dem großen Gebäude des Roten Schlosses ein eigenes Bankgeschäft eröffnete, wurde Vater sein Kunde und vertraute ihm seine Ersparnisse an. Eines Tages kam Vater ziemlich aufgeregt aus diesem Bankgeschäft zurück. Der Besitzer hätte ihm alle Papiere, die er dort hatte, das heißt seine ganzen Ersparnisse, zurückgegeben: Er wolle sie nicht haben; er solle sie wieder zu Securius tragen oder zu Hause aufbewahren! Auf Vaters verwunderte Frage: »Warum?« hätte er schroff erwidert: »Nehmen Sie alles und gehen Sie. Ich will nichts von Ihnen!« Vater war verletzt, er dachte, die Summe wäre zu klein, und brachte die Papiere wieder in das Bankhaus von Securius. Am nächsten Tage wurde bekannt, daß der Inhaber des neuen Bankgeschäfts flüchtig geworden war und die ihm anvertrauten Depots unterschlagen habe. An Vaters Geld aber, von dem er wußte, wieviel Arbeit und Entbehrung daran haftete, wollte er keinen Anteil haben! Ich weiß nicht, was aus ihm geworden ist. In dem Hinterhaus der Rosenthaler Straße aber wurde noch manchmal dankbar seiner gedacht!

Ein dankbares Ehepaar

Ich sehe sie vor mir, die Photographie von einem alten Ehepaar, den Mann mit dem Eisernen Kreuz von 1815 geschmückt. Es hatte eine Hypothek, wenn ich nicht irre, von 200 Talern auf dem Haus in der Bellermannstraße. Als die beiden alten Leute starben, fand sich im Testament die Bestimmung, daß die Hypothek dem Tischlermeister Damaschke geschenkt werden solle, weil er stets so gewissenhaft seine Verpflichtungen erfüllt habe!

Eine bittere Erinnerung

Es ist merkwürdig: die frohen Bilder der Jugend rauschen schnell vorüber; aber die, die von Unrecht zeugen, bleiben, und brennend steigt auch nach einem halben Jahrhundert noch mit ihnen ein bitteres Gefühl in uns auf. Ich mußte in der Woche etwa zweimal eine Familie Friedrich besuchen, entfernte Verwandte aus Lehnin, die in der Fischerstraße ein Haus und ein gutgehendes Milchgeschäft besaßen. Manchmal in den Ferien nahm mich der Onkel mit, wenn morgens in aller Frühe die Milchfässer vom Bahnhof geholt werden mußten. Für Mutter mußte ich in der Regel für einen Groschen Milch holen. Gewöhnlich nahm »Tante« den Groschen gar nicht, oder sie nahm ihn und gab das Doppelte oder Dreifache des gewöhnlichen Maßes. Einmal aber muß sie irgendeinen Ärger gehabt haben – und sie hatte in Geschäft und Familie mancherlei zu tragen. Der Laden stand voll Menschen. Ich reichte ihr meine Kanne. Tante: »Ach, du bezahlst ja doch nicht.« Ich fühlte, wie ich rot wurde: »Doch, hier ist mein Groschen!« »Dann will ich dir für einen Groschen Milch geben!« Und sie füllte wohl so viel ein, wie dem Geldwert entsprach. Ich machte, blutrot vor Scham, die Kanne zu und eilte hinaus, obwohl die Tante rief: »Aber Junge, es ist doch nur ein Spaß, bleib doch!« Ich aber sah mich nicht um, obwohl die Tante mir nachkam, sondern rannte mit meiner Kanne nach Hause, wo Mutter zuerst gar nicht glauben wollte, daß ich von Tante Friedrich käme. Darauf wurde der Familienverkehr natürlich abgebrochen. Meine törichte Empfindlichkeit hat der Tante und vor allen Dingen der Mutter gewiß harte Stunden bereitet und ihr Ringen mit dem so kargen Wirtschaftsgeld unnötig erschwert. Auf der anderen Seite aber soll man vorsichtig sein mit derartigen Scherzen. Vater, der, soweit seine Heftigkeit es zuließ, mit den Verwandten mütterlicherseits stets auf gute Freundschaft hielt, sagte mir einmal, als wir an der Spree standen und die großen Obstkähne sahen: »Als ich jung verheiratet war, hatte Onkel Wilhelm solchen großen Kahn voll Holz nach Berlin gebracht. Mutter und ich besuchten ihn. Da sagte er zu mir: ›Nun, Schwager, wie ist's, willst du nicht diese Ladung Holz kaufen?‹ obwohl er wußte, daß ich dazu nicht in der Lage war. Das ist mir durch und durch gegangen. Ich habe ihn nie mehr besucht; ich habe ihn nicht mehr gesehen bis zu seinem Tode. Junge, denke daran, wie weh man armen Leuten tut, wenn man ihnen ihre Armut vor Augen führt.«

Mir ist das eine tiefe Lehre gewesen. Man soll niemals, auch nicht in aller Freundschaft, Dinge sagen, die wunde Stellen berühren. Scherze auf Kosten anderer kann man begehen, wenn man weiß, daß der andere sich in seiner Stärke sicher zu fühlen und im Bewußtsein dieser Stärke solche Angriffe zu ertragen und abzuwehren vermag.

Ja, die Armut! Wie oft habe ich in wissenschaftlichen Schriften seitdem gelesen vom Niedergang des Mittelstandes, von dem Verzweiflungskampf des kleinen, selbständigen Handwerkers. Was so in trockenen Zahlen dasteht und was dann in irgendwelchen künstlich gewonnenen »Ergebnissen« »wissenschaftlich« vertreten wird, das alles ist ja doch Fleisch und Blut, das ist ja doch Menschenglück und Menschenleben! Und wenn viele Freunde, die ehrlich heute an meiner Seite kämpfen, oft den Kopf schütteln über die Leidenschaftlichkeit, die auch heute noch über mich kommt, wenn es gilt, die Sache der ehrlichen Arbeit in Stadt und Land zu führen, so wissen sie eben nicht, wie lebendig die Not mit all ihren Demütigungen, mit all ihrer Angst und mit all ihrer Verheerung vor mir steht in Vaters unruhigem Schaffen, in Mutters blassem Gesicht.

Großstadt-Nomaden

Im Herbst 1876 gab Vater die Werkstätte auf. Wieder ein kleiner Handwerksmeister, der in dem großen Wirtschaftskampfe erlag! Was er in alter Treue und Sorgfalt schuf, edle Qualitätsarbeit, fand ihren Lohn nicht mehr. Nun wohnte im Hause ein merkwürdiges Tischlerehepaar, namens Pilentz. Der Meister hatte schon vor längerer Zeit seine Werkstatt aufgegeben und arbeitete allein, indem er in Privathaushaltungen bessere Möbel aufpolierte, erneuerte oder besondere Stücke anfertigte. Er lebte von dieser Arbeit, die ihn von Gehilfen unabhängig machte, scheinbar ganz gut. Jetzt erbte er in einer schlesischen Kleinstadt ein Haus und ein Geschäft und siedelte dorthin über. Er machte meinem Vater den Vorschlag, in seine Kundschaft einzutreten. Das war der letzte Anstoß, Werkstatt und Wohnung in der Rosenthaler Straße aufzugeben.

Nun begann ein Leben, wie es nur die Großstadt kennt. Wir zählten gewiß zu den »ordentlichen Leuten«. Niemals sind wir auch nur mit einem Pfennig Miete im Rückstande geblieben. Und doch, welch ein wurzelloses Nomadenleben! In den folgenden zwanzig Jahren haben wir, soweit ich mich noch entsinnen kann, gewohnt in der Neuen Königstraße, in Neu-Weißensee, in der Neuen Jakobstraße, in der Metzer Straße, wieder in Neu-Weißensee, in der Zionskirchstraße, in der Friedrichstraße, in der Tempelherrenstraße Nr. 17 und in derselben Straße Nr. 3. Das war und ist das Schicksal der modernen Mietkasernenbewohner! Die Engländer haben ein Sprichwort: »Man kann einen Menschen durch eine schlechte Wohnung töten wie mit einer Axt.« Das Sprichwort stimmt nicht. Eine Axt ist noch eine ritterliche Waffe, und der Tod durch sie ist in der Regel schnell und leicht. Eine schlechte Wohnung aber tötet wie Opium oder ein anderes langsam wirkendes Gift, das zuerst Geist und Willen lähmt. Wie auch bei tapferer Gegenwehr in einem solchen Leben unwillkürlich alle Kulturansprüche sinken, zeigte mir ein Wort der Mutter in der Zionskirchstraße, einer der engen Mietkasernenstraßen im Norden Berlins. Wir bewohnten »natürlich« nur Stube und Küche. Auf demselben Flur mit uns lebte noch eine alleinstehende Frau in einem kleinen Zimmer, und da hatte Mutter nur einen Wunsch: »Hätten wir doch auch noch diese Kammer, so daß wir allein auf unserem Korridor wohnen könnten; – dann hätte ich wegen der Wohnung wohl keinen Wunsch mehr.«

Ein ritterlicher Bäckerlehrling

Von der Rosenthaler Straße zogen wir nach der Neuen Königstraße 88. Die Wohnung lag in einem alten Seitenflügel, unmittelbar
über einer Bäckerei; das heißt, in dieser Wohnung mußte ein unauf-
hörlicher, geradezu hoffnungsloser Krieg geführt werden gegen
unzähliges Küchenungeziefer, unter dem die sogenannten Schwa-
ben die gefürchtetsten waren. Man weiß – ach nein, in der Regel
weiß man nicht – was es bedeutet, jedes Stück des Küchengeschirrs,
jedes Stück Brot verteidigen zu müssen gegen Veschmutzung und
Vernichtung durch ekelerregendes Getier.

Für uns Kinder war das schönste an dieser Wohnung die Nähe
des Friedrichshains, der uns im Sommer und Winter zum Kampf-
und Spielplatz wurde. Unter den Menschen dieses Hauses fand ich
einen Wohltäter, dessen ich heute noch mit Dankbarkeit gedenke.
Es war einer der Lehrlinge der Bäckerei. In einem gewissen Alter, so
von zwölf bis vierzehn Jahren, ist ein Großstadtjunge in der Gefahr,
sich imponieren zu lassen von der Roheit und dem Schmutz der
Straße. Man nimmt Ausdrücke an – je schroffer, je scheußlicher sie
sind, desto mehr fühlt man sich als Held, als einer, der es den Großen, das heißt den Fünfzehn- und Sechzehnjährigen, gleichtut. Man
fühlt sich selbst dabei nicht wohl; aber es muß eben sein, man »ist
doch kein Kind mehr«. Und so sehe ich mich noch, wie ich an einem
Abend vor dem alten Hause (es ist längst abgerissen) stehe und
einem Lehrling der Bäckerei irgend etwas schildere und ihm dabei
imponieren will durch Anwendung von solchen von der Straße
aufgeschnappten rohen, wohl auch schmutzigen Ausdrücken. Aber
dieser Bäckerlehrling hatte die sittliche Reife, ganz ruhig und ganz
freundlich mich zu unterbrechen: »Weißt du, so etwas sagt man
nicht. Dafür mußt du dich eigentlich für zu gut halten!« Ich sah
erstaunt zu ihm auf; dann faßte ich seine Hand und drückte sie.
Von nun an suchte ich Gelegenheit, mit diesem Lehrling, der mir
ganz groß vorkam, öfters zu sprechen. Aber wir zogen bald fort,
und so kamen wir auseinander. Ich habe seinen Namen lange vergessen. Aber ich habe oft in Dankbarkeit seiner gedacht. Es war ein
guter Dienst, den er mir erwies. Ach, wenn wir wüßten, wieviel
Verantwortung wir auf uns laden, wenn wir aus Feigheit oder
Faulheit schweigen, da, wo wir mit einem ruhigen, offenen Wort

irrenden Menschenkindern eine ernste Hilfe hätten erweisen können! Mehr als durch gesprochene Worte kann man durch ungesprochene Worte Schuld auf sich laden!

Strandgut der Großstadt

Von der Neuen Königstraße zogen wir nach Neu-Weißensee, in das letzte Haus der Prenzlauer Chaussee. Die Eltern mußten es übernehmen, weil sie irgendwie einmal eine kleine Hypothek darauf gegeben hatten. In meiner Erinnerung steht dieses Grundstück, auf dem nun schon lange eine moderne Mietkaserne errichtet ist, als ein großer Garten mit zwei ganz leicht gebauten Seitenflügeln. In jener Zeit war diese Ecke von Neu-Weißensee (im Volksmund »Karnickelberg« genannt) etwa die äußerste Nordgrenze der Großstadt. Ihre Wogen spülten dort an, was in ihr irgendwie Schiffbruch gelitten hatte. Schon das Eckhaus Prenzlauer Chaussee Nr. 1 sahen wir mit einigem Grauen. Es wurde erzählt, daß dort eine Falschmünzerbande ausgehoben worden sei. Von den Nachbarn steht mir noch in Erinnerung eine feine, blasse Frau aus dem Hause des »Bonbons-Schulzen«. Dieser Name bedeutete für den alten Berliner einst ein stolzes Geschäft in der Nähe des Rathauses. Aus irgendeinem Grunde war ihm der Hoflieferantentitel entzogen und das betreffende Schild umständlich und auffallend entfernt worden. Die Folge war finanzieller Ruin. Eine Tochter aus diesem Hause, die einen kaufmännischen Angestellten geheiratet hatte, saß nun mit ihm dort draußen. Es waren die Nachbarn, mit denen wir am meisten verkehrten. –

Und nun die Menschen in unserem eigenen Hause! Am nächsten kam mir eine Schlächterfamilie R. Der Mann hatte das einzige vierstöckige Haus gebaut, das in jener Gegend aus den kleinen Landhäusern emporragte. Aber in der »Gründerzeit« war er, wie so viele, zusammengebrochen, und nach dem Gesetz verlor er bis zur Deckung der ausgefallenen Hypotheken nicht nur alle Ersparnisse, die er in das Haus gesteckt hatte, sondern auch alles andere Eigentum. Um wenigstens einen Teil der Möbel zu retten und vor allem Pferd und Wagen, die er für den Marktbesuch brauchte, hatte er alles einem Gesellen verschrieben. Der war nun von Rechts wegen der Besitzer, und der Meister und seine Frau und die einzige Tochter waren Angestellte dieses Gesellen. Er war in der Regel gutmütig; aber wenn er getrunken hatte, konnte er außerordentlich brutal sein. Diese merkwürdigen Menschen wohnten ziemlich lange bei uns. Sie hatten für einen dreizehnjährigen Jungen mancherlei Vorzüge. Zunächst zwei große Hunde, Mutter und Tochter: Boxe und Nunne. Mit ihnen, namentlich mit Nunne, schloß ich enge Freundschaft. Aber Kinder sind merkwürdig grausam. Im Winter, wenn die große, doppelnasige Nunne kam, um mit mir zu spielen, und ich einen Schneeball hob und Nunne in freudiger Erwartung sich zum Sprung zusammenkauerte – dann habe ich manchesmal den Schneeball geworfen – nicht, damit sie danach springen könnte, sondern auf ihre erwartungsvoll zitternde Doppelnase. Dann schüttelte sie sich mit vorwurfsvollem Blick, wedelte fragend mit ihrem Schwanzstummel und zog enttäuscht von dannen. Aber in der nächsten Minute war sie wieder, großmütig vergebend, in alter Liebe um mich herum!

R.'s schlachteten in der Woche regelmäßig ein Schwein. Dabei zu helfen,»war ehrenvoll und war Gewinn«. Der Gewinn bestand im Blut des Schweines, das als besonders gutes Düngemittel für unsere Obstbäume und Obststräucher galt. War Abendmarkt auf dem Berliner Gartenplatz, wurde natürlich freudig mitgefahren. Einmal das Fahren an sich, dann des Abends durch diese Marktbuden sich winden, die Vorbeigehenden, mit den geübten Augen der Marktfrau gesehen, kritisieren zu hören, – das alles war buntes Leben genug. Später zog die Familie noch weiter hinaus in eine alleinstehende Mühle, und endlich fand sich auch die einzig mögliche Lösung, das heißt, der Gehilfe heiratete die Tochter, so daß in diese Verhältnisse ein Stück natürlichen Rechtes kam.

Eine andere Familie war auch in den»Gründerjahren« gescheitert. Der kleine, stille Mann war den Tag über in Berlin in irgendeiner untergeordneten kaufmännischen Stellung. Die Frau, die aus sehr gutem Hause stammte, aber tat nichts, und zwar absichtlich nichts:»Mein Mann ist schuld an unserer Armut. Hätte er nicht die Bürgschaft für seinen Freund geleistet, so säßen wir nicht hier. Nun mag er zusehen!« Umsonst war alles Zureden meiner Mutter, der Hinweis auf die reizenden drei kleinen Kinder, die zu verkommen drohten. Die Frau verharrte im bitteren Schweigen: sie wusch weder sich, noch die Kinder, noch irgendwelche Wäsche; sie nähte nicht, sie kochte nicht. Ich weiß nicht, was aus dieser Familie geworden ist. Sie zog bald fort. –

Ach, wer im »sicheren« Brot und »ordentlichen« Heim sitzt, der hat oft gar keine Ahnung von dem, was das Meer der Großstadt auswirft – verlorenes Strandgut!

Unbekannte Freuden

Für den Mietkasernenjungen war es ein neues Leben, das Neu-Weißensee erschloß. Zum erstenmal ein Garten! Eine unserer Lauben war mit wildem Hopfen bepflanzt. Die großen Blüten waren wunderschön, und ich habe mich oft gewundert, daß ich diese Pflanze nie wieder als lebende Wand gefunden habe. Öffnete man eine Seitentür des Gartens, so stand man auf freiem Felde. Nun begann ich auch, mich in der Natur umzusehen. Ich sammelte Schmetterlinge, wobei es mir nur Schwierigkeiten machte, sie schnell und leicht zu töten, da mir die Betäubungsmittel der Apotheke als zu teuer nicht zur Verfügung standen. Hier hatte ich auch zum erstenmal selber Haustiere, so eine Zeitlang einen kleinen, schwarzen Hammel. Er folgte mir wie ein Hund. Als er im Herbst aus Mangel an Futter geschlachtet werden sollte, erhob ich heftigen Einspruch. Vergeblich zeigte mir Mutter meine Torheit, daß ihn dann eben andere verzehren würden. Das Gefühl besaß in jenen glücklichen Tagen noch mehr Gewalt als der Verstand, und so brachte ich ihn, der mir vertrauend folgte, wohl über eine Stunde weit bis Französisch-Buchholz, um ihn dort seinen künftigen Verzehrern zu überliefern.

Mein Liebling aber war unser kleiner Hund »Ali«. Kam ich aus der Schule, so kannte seine Freude keine Grenzen. Einmal las ich irgendwo, es sei für Hunde heilsam, das Fell zu lockern. So hielt ich es nun für eine Freundespflicht, Ali im Genick zu ergreifen und ihn möglichst lange in der Schwebe zu halten, weil dadurch das Fell am sichersten die nötige Lockerung erfahre. Ich war höchst erstaunt, daß Ali diese meine Liebe durchaus nicht zu würdigen schien; aber ich tröstete mich mit den alten Sprüchen der Weisheit: Man müsse oft Unerzogene zu ihrem Heile zwingen; im Leiden erkenne man selber am wenigsten die Heilmittel! So gestaltete sich unsere Freundschaft sehr merkwürdig. Wenn ich in Bewegung war, so war er freudig um mich herum, sobald wir aber das Zimmer betraten, erstrebte er mit höchster Geschwindigkeit sein sicherstes Asyl unter Mutters Röcken, unter denen er dann triumphierend hervorsah. Am liebsten begleitete er mich auf meinen Radtouren. Vor 45 Jahren gab es Fahrräder, bei denen das erste Rad ganz groß, das zweite ganz klein war. Sie waren viel schwieriger zu fahren als die jetzigen und vor allem viel gefährlicher. Ich hatte nicht geruht, bis ich ein solches Rad bekam. Die Chaussee gab freie Bahn. Bei meiner Kurzsichtigkeit war die Sache nicht ganz ungefährlich; aber nachdem ich in den ersten Wochen, wie Mutter feststellte, keinen Tag ohne blauen Flecken war, konnte ich doch bald so sicher fahren, daß ich einmal beschloß, von Weißensee nach Lehnin zu radeln. In jener Zeit waren für den Verkehr in den Straßen Berlins nur solche Verkehrsmittel erlaubt, auf denen man auch beim Stillstehen sicher verweilen konnte. So war der Gebrauch des Dreirades erlaubt, der des Zweirades grundsätzlich untersagt. Ich brach an einem Sommermorgen früh um vier Uhr auf. Die Straßen Berlins lagen wie ausgestorben da, und die leeren, weiten Asphaltbahnen bildeten eine Versuchung, der man nicht widerstehen konnte. Aber jeder Schutzmann fühlte sich verpflichtet, scheltend hinterherzulaufen. Als ich an jenem Abend in Lehnin ankam, bluteten meine Hände, so daß ich für einen Teil der Rückfahrt die Benutzung der Eisenbahn vorzog.

Torheiten

Zu welchen Torheiten der leichte Sinn der Jugend verführt, ist unglaublich. So trieben wir draußen eine Zeitlang leidenschaftlich »Speerwerfen«. Man warf einen ziemlich langen, schweren Holzstab mit scharfer eiserner Spitze auf den Gegner. Dieser durfte dem Speer nicht ausweichen, sondern ihn lediglich mit einem kurzen Holzschwert unmittelbar vor dem Gesicht zur Seite schlagen. Wir hatten darin eine große Gewandtheit. Wäre aber einmal das Abschlagen mißlungen, so konnte der Speer das Gesicht verunstalten oder das Auge gefährden.

Zu den gefährlichsten Torheiten verleitete mich die Eisenbahnbrücke in der Prenzlauer Allee kurz vor dem Chausseehaus. Die Allee führte über ein ziemlich hohes Eisenbahngleis. Ein schmales Holzgeländer schützte gegen den Absturz. Der an sich wahrhaftig nicht kurze Weg wurde dadurch nicht kürzer, aber es bereitete mir ein eigenes Vergnügen, mit Mühe auf dieses Geländer zu klettern und dann auf dem schmalen Rücken des Geländers die Brücke zu überschreiten. Jeder Fehltritt mußte den Absturz auf die Eisenbahnschienen bedeuten. Es war unverantwortlich, weil man das erste Gebot aller Lebensweisheit übertrat, daß die Höhe des Einsatzes der Möglichkeit des Gewinnes entsprechen müsse! Ich setzte Gesundheit, vielleicht das Leben ein – zu gewinnen war gar nichts, nicht einmal das billige Staunen von Kameraden; sie waren ja in der Regel nicht dabei.

Schulnomaden

Welche Rolle spielte die Schule in meinem Leben? Es war selbstverständlich, daß für mich nur die Volksschule, die Gemeindeschule in Frage kam. Diese mußte sich dem schnellen Wachstum der neuen Kaiserstadt erst anpassen. Und deshalb mußte die städtische Verwaltung häufig auf Privatschulen zurückgreifen. Auch ich wurde auf Kosten der Stadt am 1. Oktober 1871 der Krupkeschen Privatschule in der Weinmeisterstraße überwiesen. Dort war ich zwei und ein halbes Jahr. Dann wurde ein Platz frei in der 26. Gemeindeschule in der Nähe der Artilleriestraße, die ich im Sommer 1874 besuchte. Endlich konnte ich der Schule überwiesen werden, zu der ich »von Rechts wegen« gehörte, der 8. Gemeindeschule in der Gipsstraße. So war ich, ohne daß wir einmal umzogen, schon herumgestoßen. Jeder Schulwechsel ist ein Schaden für ein Kind. Dazu kam auch das Schieben in die einzelnen Klassen – je nachdem Platz war. Ich habe ja später selbst manchmal in Lehrerkonferenzen gesehen, welchen Einfluß solche Äußerlichkeiten auf Versetzung und Nichtversetzung haben können!

Die alten Schulzeugnisse liegen vor mir. Ich sehe daraus, daß ich z. B. in der dritten und in der zweiten Klasse nur je ein halbes Jahr gewesen bin, während die Vorschrift einen einjährigen Besuch jeder Klasse fordert.

Vom Falsch- und Nichtverstehen

Daß ich die unteren Klassen so schnell durcheilte, war nicht in jeder Hinsicht günstig. Ich habe merkwürdige Mißverständnisse mit mir herumgetragen. Ein Kirchenlied, das auf der Unterstufe gelernt und oft wiederholt wurde, hatte z. B. nach dem »verbesserten« Text eine Strophe, die lautete:

> »Ach bleib mit Deinem Segen
> Bei uns, Du reicher Herr,
> Gib Wollen und Vermögen
> Zu Deines Namens Ehr'.«

Eine Erklärung gab es nicht. So versuchte ich sie selbst. Vermögen Wohlstand schien mir klar. Daß man darum bitten könne, sah ein Junge, der um seiner Armut willen auf vieles verzichten mußte, ohne weiteres ein. Aber warum dies Vermögen gerade mit Wollen, also wohl doch mit einem Wollgeschäft, zusammenhängen sollte, schien mir lange eine unverständliche Liebhaberei des Dichters. Später habe ich von anderen Mißverständnissen ähnlicher Art erfahren. So konnte in dem Kirchenlied: »Lobt Gott, ihr Christen allzugleich« bei der Aussage vom Heiland: »... denn er ist Davids Reis« – das Kind nicht begreifen, weshalb Christus dem armen David seinen Reis aufesse.

Lieder erklären, wird ja stets eine der schwersten Aufgaben bleiben. Man verdirbt sie, wenn man sie zerpflückt, und doch ist es geradezu verheerend, wenn in ihnen falsche Vorstellungen wirken.

Als ich lesen lernte und, stolz auf die neugewonnene Kunst, auf der Straße jedes Schild buchstabierte, erschloß die neue Welt neue Rätsel. An vielen Kellergeschäften, aber auch Eckläden, buchstabierte ich den Namen »Franz. Billard«. Merkwürdig, daß alle Menschen, die so hießen, in Kellern oder an Ecken wohnten und vor allem, daß doch keiner von uns einen Jungen kannte, der so hieß. In keiner Klasse war ein Träger dieses Namens zu finden. Erst viel später lernte ich, daß dieser Name ankündigen sollte, daß ein französisches Billard zur Verfügung stehe.

Auf einem anderen Gebiet lag mein Nichtverstehen von Worten in der biblischen Geschichte wie: »Er starb alt und lebenssatt.«»Lebenssatt« – wie jemand diese Sonne, dieses Leben und Arbeiten einmal satt bekommen – wie jemand wirklich zufrieden sein könne, wenn er Abschied nehmen müsse von dem allen, dafür fand ich in der Kindheit und noch lange darüber hinaus kein Verständnis. Auch das ist inzwischen gekommen – in manchen Stunden in erschreckender Klarheit.

Was ich konnte und was ich nicht konnte

Schon am 1. Oktober 1875, im Alter von neun Jahren, saß ich in der ersten Klasse der 8. Gemeindeschule. Mit dieser Schule war eine Volksbücherei verbunden, in der die Tochter des Rektors *Bielefeld* tätig war. Ich war bald einer der eifrigsten Besucher dieser Volksbücherei und sah als neun- und zehnjähriger Junge die schöne, immer liebenswürdige Tochter des Rektors mit Ehrfurcht. – Die Schule machte mir keine Schwierigkeiten. Ich blättere die Zeugnisse durch, meist »Recht gut«, bis auf Gesang. Mir fehlt jedes musikalische Gehör, und es war mir stets unverständlich, wenn jemand urteilte: der spielt unrein, oder: das ist ein falscher Ton! Ich bewundere den Lehrer, der mir einmal »Befriedigend« in Gesang gab. Er hat augenscheinlich meine Stimme nie erprobt. In der Regel steht »Ungenügend« da, was ich immer als Unrecht empfand. »Unfähig« hielt ich für gerechter. Luthers bekanntes Wort: »Einen Schulmeister, der nicht singen kann, den sehe ich nicht an«, weckte in mir stets ein Gefühl stärksten Widerspruchs. Aus dem völligen Mangel an musikalischem Gehör entsprang eine Abneigung gegen jede Art von Musikunterricht. Die Eltern hatten irgendwo ein altes Klavier erstehen können. Ich mußte nun Unterricht nehmen. Die arme Dame in der Lothringer Straße, zu der ich in der Woche zweimal hinpilgern mußte, hat wahrscheinlich ebensowenig oder noch weniger Freude an diesem Unterricht gehabt als ich. Ich habe später vielfach mit Wilhelm Busch geseufzt: »Musik wird oft nicht schön gefunden, weil sie stets mit Geräusch verbunden.« Eine halbe Stunde Übung auf dem Klavier war eine von den Strafen, die ich am meisten fürchtete. Eines Tages hatte ich auf den alten Windmühlbergen, die nun auch schon lange mit Mietkasernen besetzt sind, wohl beim Drachensteigen oder bei einer anderen Gelegenheit irgendeinen Kampf zu bestehen gehabt und Kratzwunden dabei erlitten. Damit Mutter sie nicht gleich beim Nachhausekommen sehen sollte, setzte ich mich unaufgefordert ans Klavier und übte. Aber dieser Schachzug erweckte die gegenteilige Wirkung: »Junge, was ist dir denn begegnet, daß du dich einmal von selbst ans Klavier setzt?« Auch später, als ich Geige, Klavier, Orgel spielen mußte oder vielmehr sollte, blieb die Musik mir ein verschlossenes Gebiet, und ich war immer erst zufrieden, wenn ich als »völlig unfähig« befreit wurde. An Vokalmusik habe ich immer Freude gehabt, wenn ich den Text verstand und die Melodie mir gefühlsmäßig tieferes Verständnis für den Text erschloß. Bei größerer Instrumentalmusik aber, die ich ja vielfach über mich ergehen lassen mußte, habe ich entweder meine Sinne verschlossen, oder ich habe versucht, den Tönen Vorstellungen zu unterlegen und durch diesen Gedankeninhalt die Macht der Töne mir gleichsam zu übersetzen. Den größten Eindruck von allen Musikwerken habe ich von Bachs »Matthäuspassion« empfangen; aber ich bin mehr als fünfzig Jahre alt geworden, ehe ich den Mut gewann, es einmal mit einem so großen Tonwerk zu versuchen.

Der erste Schriftsteller

Als ich in der zweiten Klasse der 8. Gemeindeschule war, also etwa 8 1/2 Jahre alt, sah ich den ersten Schriftsteller. Einer unserer Lehrer hatte ein kleines Heft geschrieben, das wir uns anschaffen mußten. Den Titel weiß ich nicht mehr. Es enthielt Übungssätze mit gleichlautenden Wörtern nach dem bekannten Beispiel von: »Heute trug ein Heide Häute über die Heide ... oder: »Alle Aale wurden in der Allee von einer Ahle durchstochen.« Ich entsinne mich noch, mit welcher Ehrfurcht wir den Mann betrachteten, von dem etwas im Druck erschienen war. Später hat sich bei mir das Gefühl vor »Tintenfischen« etwas gewandelt.

Eine wichtige Entscheidung

Als wir im Herbst 1876 aus der Rosenthaler Straße verzogen, mußte ich mich in der 8. Gemeindeschule abmelden. Da ließ Rektor Bielefeld meinen Vater zu sich kommen. Er legte ihm nahe, mich trotz des Wohnungswechsels in der Schule zu lassen. Ich hätte noch 4 1/2 Jahre Schulpflicht vor mir. Es gäbe eine Bestimmung, nach der Schüler, die mit ihrem zwölften Jahre das Pensum der Gemeindeschule erreicht hätten, auf Kosten der Stadt eine höhere Schule besuchen könnten. Das wäre für mich das Gegebene. Ich hätte dann jede Möglichkeit des sozialen Aufstiegs. Meine Eltern überlegten. Sie dachten an den ältesten Sohn der ältesten Schwester meiner Mutter, die einen Förster geheiratet hatte. Man hatte den fähigen Jungen mit großen Opfern Offizier werden lassen. Er galt als begabt; er war beliebt – mußte aber bald wegen Schulden seinen Abschied nehmen. Das war etwa im Jahre 1865. In seiner Verzweiflung erbat er von meiner Mutter Geld, damit er sich einen Revolver kaufen könne, um sich zu erschießen. Mutter sah den hübschen, begabten Jungen, den sie lieb hatte, in ihrer ernsten Art an und sagte: »Das Geld für den Revolver täte mir leid; aber ein Stück Waschleine will ich dir borgen; damit schaffst du es ja auch, wenn du wirklich so feige sein willst.« Diese unerwartete Antwort brachte ihn zur Besinnung. Als der Krieg 1866 ausbrach, trat er als gemeiner Soldat ein, wurde auf dem Schlachtfeld von Königgrätz wegen seiner Tapferkeit wieder zum Offizier befördert, starb aber wenige Monate danach in Prag an der Cholera. Mutter erzählte manchmal von ihm und von seinen Vorwürfen gegen seine Eltern: »Ich weiß, sie haben gedarbt, damit ich Offizier werden könne; aber es war ein Unrecht. Man muß jemand nicht in Kreise hineinbringen, in denen er dann nicht als gleichberechtigt verkehren kann. Ich mußte natürlich Schulden machen – das war das jämmerliche, aber notwendige Ende.« Nun hatte mein armer Vetter gewiß nicht recht. Man kann in jeder Gesellschaft eigene Wege gehen. Aber ein Stück Wahrheit lag doch in der Anklage dieses zerbrochenen Lebens. Und dann – was war gewonnen, wenn selbst mein Unterricht frei war auf der höheren Schule! Bücher, Kleidung usw. mußten ja doch noch selbst aufgebracht werden. Entscheidend blieb die Gefahr der Straße. Ich hätte täglich den Schulweg vom Königstor durch die Neue Königstraße über den Alexanderplatz, durch die Münz-, Weinmeister- und Gipsstraße machen müssen. Das sind außerordentlich – auch von allerlei zweifelhaften Elementen – belebte Straßen, und die Eltern fürchteten wohl mit Recht, ihren zehnjährigen Jungen den Gefahren eines so weiten Weges auszusetzen! So ist es denn unterblieben, und ich habe nicht den gewöhnlichen Weg der »höheren« Bildung gehen können. Wie hätte sich mein Leben gestaltet, wenn die Eltern in jener Stunde dem Rate des Rektors Bielefeld gefolgt wären? In vieler Hinsicht wäre zweifellos der Weg meines Lebens ebener und leichter geworden, und es gab wohl Augenblicke, in denen ich mit einem gewissen Bedauern diese verlorenen Möglichkeiten erwog. Aber diese Augenblicke waren doch nur sehr kurz. Nein – ich wäre dann wohl auch der Gefahr unterlegen, unbewußt zu lernen, nur mit den Augen der Lehrer zu sehen. So kam ich an die großen Fragen heran, ohne die Weisheit der jeweiligen »Meister« zu kennen, und als ich sie kennenlernte, hatte ich in Leben und Arbeit mir schon ein eigenes Urteil erkämpft. Wer weiß, ob ich auf gewohnter Bahn Kraft und Mut gewonnen hätte, gegen fast alle Autoritäten des wissenschaftlichen und des öffentlichen Lebens den Gedanken der Bodenreform hochzuhalten und ihm die Bahn zu brechen.

Und so war es denn gut, daß ich von dieser Schule mit ihrem trefflichen, wohlmeinenden Rektor abgemeldet wurde.

Als »Kamerad«

Ich kam in die 58. Gemeindeschule. Sie lag draußen vor dem Königstor in der Heinersdorfer Straße, die in jener Zeit noch fast völlig unbebaut war. Auch hier war ich bald der Erste in der ersten Klasse. Wenn trotzdem für mich nichts geschah, so lag das einmal daran, daß der Rektor nach kurzer Frist wechselte und der Klassenlehrer M., ein sehr begabter Lehrer, durch häusliches Mißgeschick in seinen Gedanken von allen Schulfragen außerordentlich abgelenkt wurde. Er verlor in jener Zeit seine gesamten Ersparnisse, weil er die Bürgschaft für einen Verwandten übernommen hatte, der Untreue beging. Er warf mir einmal vor: »Wir könnten viel mehr für dich tun, wenn du dich bloß von den anderen Jungen fernhalten wolltest; du gehörst doch nicht zu ihnen!« Das widersprach aber meiner gesamten Auffassung. Ich war ein durchaus »soziales Wesen« und war bewußt jedem ein guter Kamerad, und mein Aufpasseramt, das ich als Klassenerster auszuüben hatte, wurde so verwaltet, daß eben die äußere Ordnung gerade noch gewahrt blieb. Allerdings traf es mich doch ziemlich vernichtend, als nach einer kurzen Krankheit der Lehrer mein Fehlen so auslegte: »Ah, deshalb war es in den letzten beiden Tagen so still in der Klasse, – weil du nicht aufgepaßt hast!«

In den Kämpfen der Schuljugend blieb ich trotz aller Mahnungen der Lehrer nicht »neutral«. Meine Zugehörigkeit in den Kämpfen zu dieser oder jener Partei wurde »natürlich« durch die Lage der Wohnung bestimmt. Als wir in der Prenzlauer Chaussee wohnten, zählte ich eben zu den »Prenzlauern«, die mit den Bewohnern der Königschaussee und der Pappelallee in ständiger Fehde lagen. Die besten Freunde schieden sich nach dem Zufall des Wohnortes. Wir »Prenzlauer« sahen auf die »Pappelianer« und auf die »Königlichen« mit einer Verachtung herab, die deshalb nicht geringer war, weil sie jedes sachlichen Grundes entbehrte. Die Kämpfe wurden oft organisiert ausgefochten, namentlich im Winter. Als ich dreizehn Jahre alt war, hatte ich nicht mehr viel Freude daran und zog mich möglichst zurück. Aber ich sehe noch einen Mittag vor mir, als in einer großen Schneeballschlacht die Prenzlauer durch ganze Straßen zurückweichen mußten. Ich kam zufällig hinzu und hörte bald ihr Geschrei: »Führe uns!« Da erwachte der Ehrgeiz des echten

»Prenzlauers«, und wir warfen die Gegner bald aus unserem heiligen Bezirk heraus. Dann aber ging ich. An dem »Eroberungskrieg«, der die Gegner später noch über die Hälfte der Heinersdorfer Straße warf, beteiligte ich mich grundsätzlich nicht mehr.

Prämien und Strafen

In jener Zeit wurden noch Prämien verteilt. Ich besitze als solche noch Körners Werke und die Deutsche Geschichte von Eduard Duller. Ist eine Prämienverteilung in der Schule richtig oder nicht? Soll sie der begabteste Schüler bekommen oder der fleißigste? Als mir später zum Bewußtsein kam, wie sehr die Leistung abhängig ist von der Not des Hauses, habe ich bald die Unmöglichkeit erkannt, die wirklich Würdigen in einer Klasse herauszusuchen, d. h. die, welche im Verhältnis zu den häuslichen Schwierigkeiten das Beste leisten.

In der 58. Gemeindeschule, in der – zumal in den letzten Jahren – nicht die feste Organisation herrschte wie etwa in der 8. Gemeindeschule, wurde der Stock von einzelnen Lehrern viel angewandt, namentlich von einem, der dann bald selbst Rektor wurde und der es herzlich gut meinte, aber eine der gefährlichsten Schwächen hatte, deren sich ein Lehrer schuldig machen kann: er ärgerte sich und ließ seinen Ärger merken. Wenn er in seinem Jähzorn einige ergriff und durchprügelte, so war es Ehrensache, daß niemand dabei auch nur eine Miene verzog, was ihn höchst erboste. Sank er dann völlig erschöpft auf seinen Stuhl nieder, so hatten wir das Gefühl des Triumphes. Wir hatten ein Paar rotköpfige Brüder in der Klasse, die Heldenmütiges im Ertragen von Schmerzen leisteten. Man mußte an den alten Römer denken, der, ohne das Gesicht zu verziehen, die Hand ins Feuer steckte. Von der soviel beklagten Verrohung durch den Stock haben wir nichts gemerkt. Einem gesunden, übermütigen Jungen schien es ganz in der Ordnung, wenn er seine Ungezogenheiten mit ein paar Hieben »abmachen« mußte. Eine Entfremdung zum Lehrer trat dadurch weniger ein als durch bitteres Schelten oder durch langes Nachsitzen. Namentlich das letztere wurde immer als etwas »Unfaires« (Unvornehmes) empfunden, weil dadurch Dinge, die in der Schule vorkamen und in der Schule ausgetragen werden sollten, ihre Wirkungen auf das Haus erstreckten. Man kam nicht zur rechten Zeit zum Mittagessen. Die Mutter und auch der Vater, der vielleicht nur in dieser einen Stunde mit den Kindern zusammen war und der an dem Kampf mit den eigenen Sorgen wahrlich genug zu tragen hatte, mußten dann darunter leiden. Noch schlimmer, direkt als Armutszeugnis des Lehrers und der

Schule, wurde ein Brief an die Eltern empfunden – während, wie gesagt, der Stock in geeigneten Fällen als etwas durchaus Natürliches erschien.

Der einzige Schlag, den ich in der ersten Klasse erhielt, war allerdings nicht gerechtfertigt – wenigstens schien es mir so. Es war in der Gesangstunde, die wir in der Aula hatten. Ich war wie gewöhnlich aus der Schar der Sänger ausgeschieden, mußte aber auf der hintersten Bank den Übungen beiwohnen, die mir begreiflicherweise furchtbar langweilig waren. Wie sollte ich diese Stunde zubringen? Ich war etwa zehn oder elf Jahre alt. Da beschloß ich eines Morgens, einfach meine geliebten Bleisoldaten mitzubringen. Und während der Lehrer sich quälte, packte ich meine »Bayern« und »Turkos« aus und stellte sie in Schlachtordnung auf. Für die Schüler der letzten Bänke war natürlich diese meine Aufstellung der feindlichen Heere viel interessanter als die Erklärung der Noten; es entstand bei einer Reihe nach der anderen ein allgemeiner Frontwechsel. Ich merkte in meinem Eifer nichts davon, auch nicht, wie der Lehrer mit dem Stock herbeikam und, als er die Ursache der Abkehr von seinen Noten erkannte, mich durch einen Schlag auf den Rücken aus meinen Feldherrnträumen weckte und auf mein erstauntes Auffahren erklärte, das wäre doch unglaublich! Der Klassenerste, der ein gutes Beispiel geben solle usw. Es hat ziemlich lange gedauert, bis ich einsah, daß das wirklich nicht ging. Ich habe mich dann darauf beschränkt, ein Buch mitzunehmen, das ich für mich in diesen Stunden las. Gewiß war der Schlag überflüssig – der Lehrer hätte es mir auch so vorstellen können; aber ein Unglück war er auch nicht, und ich bin ihm darum gewiß nicht gram geworden!

Stenograph

Als ich etwa zwölf oder dreizehn Jahre alt war, las ich in dem Fenster eines Lokals in der Neuen Königstraße die Ankündigung: »Hier wird Stenographieunterricht erteilt.« Ich meldete mich und empfing nun vier Stunden Unterricht in der Rollerschen »Weltkurzschrift«. An diese Stunden habe ich oft mit großer Dankbarkeit gedacht. Von allen Fertigkeiten kommt die Stenographie dem Schüler, dem Lehrer, dem Redner, dem Schriftsteller besonders zugute.

Welches System das beste ist, können natürlich nur solche entscheiden, die alle Systeme gleichmäßig beherrschen. Bei den allermeisten wird es wie bei mir eine Sache des Zufalls sein, zu welchem System sie gelangen. Jedenfalls kann ich nur jedem raten: Lerne Stenographie. aber so, daß du sie auch anwenden kannst. Es lohnt sich.

Bei Großmutter

Ich sehe mich noch in der Rosenthaler Straße an dem Hofbrunnen stehen, etwa sieben Jahre alt, als eine Nachbarin, die Wasser holte, zu mir sagte:»Na, Kleiner, du freust dich wohl auch, daß Ferien sind?« Aber in meinem siebenjährigen Lerneifer lehnte ich ab: »Nein, gar nicht; ich gehe zu gern in die Schule.« Später hat sich diese erste Liebe etwas gelegt, und mit den anderen freute ich mich aufrichtig auf die Ferien.

Öfter brachte ich sie in Lehnin zu. Rings von tiefen Wäldern umgeben, unterbrochen von einer wundervollen Seenkette, ist Lehnin einer der schönsten Orte Norddeutschlands. Das Haus der Großmutter lag an der Hauptstraße; der Garten ging bis zum See. Großmutter saß in ihrem großen Lehnstuhl am Fenster. »Großmutter, erzähle von der Franzosenzeit!« Und dann erzählte die alte Frau von den Franzosen, wie sie 1812 nach Rußland zogen und wie es auf ihr zwölfjähriges Herz einen unauslöschlichen Eindruck gemacht habe, als manche Franzosen in Trunkenheit die großen, runden Bauernbrote ausgehöhlt und als Schuhe benutzt hätten, um ihre Gamaschen nicht schmutzig zu machen, wenn sie in den Tanzsaal gehen wollten. Das Volk empfand das mit Recht als Todsünde. Aber doch regte sich in dem gutmütigen deutschen Volk etwas wie Mitleid bei dem namenlosen Jammer der Trümmer der großen Armee. Allerdings griff man jetzt wohl auch einzelnen Ausschreitungen gegenüber zur Selbsthilfe. In den Wäldern zeigte man noch manche vereinzelte »Franzosengräber«. Und dann kam nach den napoleonischen Kriegen eine Zeit der schweren Teuerung; muß doch jeder Krieg im Wirtschaftsleben wirken wie ein Riesenstreik oder eine Riesenaussperrung, da er fast alle kräftigen Menschen durch Kriegsdienst und Rüstungsarbeit von wirklich Werte schaffender Arbeit fernhält. Jeder Krieg muß im Verhältnis zu seiner Ausdehnung einen Ausfall an der Gütererzeugung hervorrufen, der notwendig in besonderer Teuerung zum Ausdruck kommt. Da sei es nach den Freiheitskriegen vorgekommen, daß man für ein Brot ein kleines Haus hätte erwerben können! Von den Russen hatte sie keine gute Erinnerung: »Lieber die Franzosen als Feinde, denn die Russen als Freunde!«

Merkwürdig war ihre Stellung zur Kirche. Sie war eine fromme Frau und las jeden Sonntag eine Predigt und auch ein Gesangbuchlied. Aber in die Kirche ging sie nicht. Dafür hatte sie eine merkwürdige Erklärung: »Was soll ich in der Kirche? Ich bin vielleicht betrübt und muß eine Lobrede anhören, oder ich bin erfreut und muß eine Trostpredigt hören. Da ist es doch viel richtiger, ich suche aus meinem alten Predigtbuch und aus meinem alten Gesangbuch mir Predigt und Lied aus, die zu meiner Stimmung passen, und etwas anderes als Predigt und Lied finde ich ja in der Kirche auch nicht.« Wenn jetzt Strömungen in der evangelischen Kirche lebendig werden, durch eine Ausgestaltung des Ritus, etwa wie in der hochkirchlichen Bewegung, etwas mehr zu bieten als Predigt und Lied, etwas, was eben nur die Kirche bieten und das Haus nicht ersetzen kann, so denke ich oft an die alte, fromme Frau in Lehnin.

Eine Tochter der Tante, deren Mann den Kalkofen übernommen, hatte einen Lehrer in Lehnin geheiratet. Er wohnte in einem Gebäude des früheren Klosters; seiner Dienstwohnung war ein Stück des uralten Klostergartens zugeteilt. Dort bin ich oft durch die alten Bäume gegangen. In der Altarstufe der Kirche ist heut noch der Baumstamm eingemauert, unter dem einst Markgraf Otto I. den Traum gehabt haben soll, in dem er sich von einer wilden Hirschkuh (slawisch – Lehnin) durch göttlichen Schutz gerettet sah und um dessentwillen er dieses Kloster gründete. Alte Bilder zeigten den Abt Siebold, der als Märtyrer des Christentums auf Lehniner Boden fiel. Dagegen stand die berühmte Lehniner Weissagung nicht in hohem Ansehen. Nach ihr schien ja das Ende des Hohenzollernthrons bald bevorzustehen. Und wer konnte das ums Jahr 1885 für denkbar halten?

Großmutter starb 1888, und Tante Marie, die sie treulich bis zu ihrem Tode gepflegt hatte, erbte Haus und Garten. Ich habe sie auch später besucht und immer beklagt, daß das alleinstehende, verwachsene, alte Mädchen so wenig an seine Gesundheit dachte. In der Regel kochte sie gar nicht für sich: »Es ist so langweilig, für sich allein sorgen zu müssen.« War es wirklich nur Müdigkeit, war es übertriebene Sparsamkeit, ich weiß es nicht. Zuletzt schloß sie mit einem Nachbarn einen Vertrag, nach dem er für die Kosten der Grundsteuer und der Straßenreinigung aufzukommen hatte und dafür nach ihrem Tode Haus und Garten erhalten sollte. Nach wenigen Jahren trat der Tod ein. Meine manchmal leise erwachte Hoffnung, einmal in Großmutters Haus in dem alten, schönen Lehnin einen Ruheort zu gewinnen, war durch jenen Vertrag, von dem ich erst nach dem Tode von Tante Marie erfuhr, begraben.

Vater und Mutter

Den Erinnerungen an meine Kindheit mag ein abschließendes Wort über Vater und Mutter folgen. »Waren sie glücklich? – Wer ist glücklich?« Ich habe von Stunden gemeinsamer, erfolgreicher Arbeit und Hoffnung erzählt, und zuletzt ist ja doch gemeinsame Arbeit und gemeinsames Hoffen auf die Dauer das einzige Band, das Menschen selbst in Liebe zu binden vermag. Auch an schweren und schwersten Stunden hat es nicht gefehlt. Not und Sorge machen wund und reizbar, und Vater war immer eine überaus leidenschaftliche Natur. Ich kann nie am Goldfischteich im Tiergarten vorübergehen, ohne an manche Stunden zu denken, in denen ich hier sorglos spielte und nur erschrocken aufsah, wenn ich Mutters stilles Weinen hörte, die mich mitten aus der Arbeit hierhergeführt hatte und nun auf einer Bank schluchzend saß. Auf meine Fragen antwortete sie nicht, sondern strich nur zitternd mein Haar. Das mögen wohl Ausklänge dunkler Stunden gewesen sein. Aber sie waren in der Rosenthaler Straße trotz aller Not doch selten.

Viel schwerer wurden die Verhältnisse, als Vater die Werkstatt aufgab und bald auch die Hobelbank verkaufen mußte, weil die Arbeit auf ihr nicht so viel einbrachte, wie die Miete für ihren Stand verlangte. Da habe ich, freilich in jener Zeit unbewußt, den geradezu entscheidenden Wert eines Gartens auch für das Familienleben im Alter erkannt. Als wir in Neu-Weißensee unseren Garten besaßen, fand Vater erfreuliche, fruchtbare Arbeit in Hülle und Fülle – aber was wollte er tun in der engen Stadtwohnung von Zimmer und Küche? Es war eine Verdammnis zum Müßiggang, die ihn je länger je mehr quälen und reizen mußte. Und wie Mutter darunter litt, zeigt ihr bitteres Wort, das ich allerdings zunächst nicht verstand: »Junge, merke dir für dein ganzes Leben, gib nie deine Arbeit aus der Hand! Keine Frau kann einen Mann achten und lieben, der den ganzen Tag nichts tut!« Es war natürlich eine vorübergehende Gefühlsaufwallung; aber wer sich die Zusammenhänge klarmacht, erkennt, aus welchen Tiefen ein solch gefährliches Gefühl aufwallen kann und welch unendlicher Segen eine Heimstätte mit seiner Haus- und Garten-Arbeitsmöglichkeit für den Lebensabend Unzähligen bieten würde!

Wir Kinder durften bei Tisch nie über das Essen sprechen, und wer von uns etwa versuchte, das ihm Aufgefüllte ganz oder zum Teil stehenzulassen, der lernte, durch Erfahrung gewitzigt, bald das Abessen, wenn er den Rest dann am Abend oder noch am nächsten Tage vorgesetzt erhielt, bis alles von ihm aufgegessen worden war. Das einzige tadelnde Wort hörten wir von Vater bei Tisch, wenn ihm das Essen nicht heiß genug war. Ob dieses Verzehren ganz heißer Speisen die Ursache seines Magenleidens wurde oder ob schon eine Anlage zu diesem in ihm das Verlangen nach besonders heißen Speisen weckte, weiß ich nicht. Nach mancherlei Behandlungen in seiner späteren Krankheit blieb kein Zweifel: sein Leiden war Magenkrebs. Auch hier zeigte sich seine ungeheure Willenskraft. Der Arzt, der ihn monatelang behandelte, sagte mir einst:»Ich habe Ihren Vater heute auf der Belle-Alliance-Brücke getroffen; ich dachte, ich sehe ein Gespenst. Wissenschaftlich muß er schon lange tot sein.« Aus dieser letzten Krankheit Vaters steigt eine Erinnerung immer wieder in mir quälend auf. Ich hatte ihm Eisbonbons mitgebracht und war hocherfreut, als er mir sagte:»Junge, das hat mir wohlgetan; bringe mir doch von diesen morgen noch ein paar!« Nun hatte ich sie aber von weither mitgebracht. Am nächsten Tag hatte ich wichtige Angelegenheiten (was man im Dienst des Tages für wichtig hält!) in einer anderen Stadtgegend zu erledigen. Ich sah mich hier vergeblich nach dieser Art Eisbonbons um und nahm endlich andere von noch besserer Qualität, wie man mir sagte. Vater war etwas enttäuscht. Es war gewiß nur Einbildung, daß er sich von denen, die ihm gestern wohlgetan, etwas Besonderes versprach; aber diese Einbildung hätte ihm eine glückliche Minute bereitet. Gutmachen konnte ich es nicht, denn wenige Tage darauf erlöste ihn der Tod – am 30. Juni 1890.

Nun war ich mit Mutter allein. Ich dachte oft darüber nach, wie ich ihr Freude bereiten und etwas von dem, was mir in jener Zeit schön und groß zu sein schien, mitteilen könnte. Aber sie lehnte in den meisten Fällen müde ab:»Früher hätte es mir vielleicht auch Freude gemacht – aber jetzt – laß mich, das Leben macht so müde.« Meinem vielgeschäftigen Treiben sah sie kopfschüttelnd zu und warnte wohl:»Junge, du wirst auch noch dahin kommen, daß du dich fragst, ob das Leben überhaupt wert ist, daß man sich so in ihm müht!«

Zuweilen kamen Stunden, in denen sie um ganz kleiner Ursachen willen außerordentlich heftig werden konnte. Ich kannte in jener Zeit einen Doktor M., der mit seiner Mutter, der Witwe eines bekannten Künstlers, zusammenlebte und der mir klagte, daß seine Mutter ihm Auftritte bereite, denen er völlig verständnislos gegenüberstehe. Nach dem Tode ließ er sie sezieren. Da fand sich die Erklärung in irgendeinem krankhaften Auswuchs im Gehirn. Ich erklärte viel unbegründete Heftigkeitsausbrüche Mutters ähnlich und bat sie, doch einmal den Arzt zu Rate zu ziehen. Sie sagte, sie hätte auch schon gefürchtet, zuckerkrank zu sein, da sie an unstillbarem Durst litte. Sie hätte auch einen Arzt gefragt, der aber hätte sie lachend getröstet: »Ich wünschte, ich wäre so gesund wie Sie!«

Bald aber bildete sich eine Wunde am Fuß. Sie verbarg es vor mir. Aber als wir einmal vom Grabe des Vaters kamen und über das große Tempelhofer Feld gingen, konnte sie plötzlich nicht weiter. Ich erzwang eine ärztliche Behandlung. Es war zu spät. Das Übel wurde immer schlimmer, und endlich riet der Arzt, sie in ein Krankenhaus zu bringen. Es war ein böser Tag, als ich von einem Krankenhaus zum andern fuhr und überall abgewiesen wurde: »Alles besetzt!« Zuletzt blieb nur die Charitè. Mutter, die als alte Krankenpflegerin ja etwas verstand, war mit ihrer Pflege sehr zufrieden. Ich habe natürlich jede Besuchszeit hindurch an ihrem Bett gesessen. Und wenn sie dann meine Hand streichelte und sagte: »Junge, glaube, du bist ein guter Junge!« so haben diese leisen Worte durch die Jahrzehnte ihren Klang nicht verloren. Der Fuß wurde abgenommen – auch das rettete sie nicht mehr. Sie starb an Zuckerharnruhr am 17. Juli 1893. –

Wieviel gäbe man darum, könnte man Vater und Mutter noch einmal später, wenn uns das Verständnis des Lebens aufgegangen ist, liebhaben und ihnen danken für alles, was sie an uns getan haben. Wer sich ein wenig umsieht, weiß, was es allein bedeutet, daß sie uns einen gesunden Leib und einen gesunden Geist auf den Weg ins Leben mitgegeben haben!

Vater hatte Mutter natürlich zur alleinigen Erbin eingesetzt. Als sie starb, ergab sich, daß das ganze Vermögen der Eltern 16 000 Mark betrug, eine Summe, die trotz ihrer Kleinheit groß war, wenn man weiß, wie sie zusammengetragen war: eine Mark zur andern erarbeitet und entbehrt, damit den Kindern die Bahn des Lebens leichter werde! Und doch, wie wünschte ich, sie hätten es nicht in diesem Maße getan; sie hätten davon ein paar tausend Mark genommen, um das eigene Leben mit mehr Licht und Wärme zu erfüllen!

Kinderliebe? Wer löst das große Lebensrätsel? Den Kindern erscheint es selbstverständlich, daß die Eltern für sie arbeiten und sorgen – daß sie dann ihre Wege gehen, ihre Sorgen haben und nur so nebenbei etwas Zeit und Kraft übrigbleibt, sich in die Gedanken, in die Wünsche, in das Leben der alternden Eltern hineinzuversetzen. Das wird für jeden ernsten Menschen zu quälenden Fragen über sich, über seine Kinder – bis im reifen Alter eine Art Lösung kommt. Die Liebe, die wir den Eltern nicht zurückerstattet haben, müssen wir an unsere Kinder weitergeben. Diese müssen dann wohl im wesentlichen dieselben Wege gehen, wie wir sie gegangen sind. Auch sie werden wohl erst, wenn sie einst selber Kinder haben, in voller Deutlichkeit empfinden, was auch ihnen Elternliebe einst gab, und sie müssen dann, was sie uns nicht wiedergaben, ihren Kindern weiterreichen, so daß doch im großen Zusammenhang der Geschlechter Liebe und Recht zu harmonischem Ausklang kommen.

Über tredition

Eigenes Buch veröffentlichen

tredition wurde 2006 in Hamburg gegründet und hat seither mehrere tausend Buchtitel veröffentlicht. Autoren veröffentlichen in wenigen leichten Schritten gedruckte Bücher, e-Books und audio-Books. tredition hat das Ziel, die beste und fairste Veröffentlichungsmöglichkeit für Autoren zu bieten.

tredition wurde mit der Erkenntnis gegründet, dass nur etwa jedes 200. bei Verlagen eingereichte Manuskript veröffentlicht wird. Dabei hat jedes Buch seinen Markt, also seine Leser. tredition sorgt dafür, dass für jedes Buch die Leserschaft auch erreicht wird.

Im einzigartigen Literatur-Netzwerk von tredition bieten zahlreiche Literatur-Partner (das sind Lektoren, Übersetzer, Hörbuchsprecher und Illustratoren) ihre Dienstleistung an, um Manuskripte zu verbessern oder die Vielfalt zu erhöhen. Autoren vereinbaren direkt mit den Literatur-Partnern die Konditionen ihrer Zusammenarbeit und partizipieren gemeinsam am Erfolg des Buches.

Das gesamte Verlagsprogramm von tredition ist bei allen stationären Buchhandlungen und Online-Buchhändlern wie z. B. Amazon erhältlich. e-Books stehen bei den führenden Online-Portalen (z. B. iBookstore von Apple oder Kindle von Amazon) zum Verkauf.

Einfach leicht ein Buch veröffentlichen: **www.tredition.de**

Eigene Buchreihe oder eigenen Verlag gründen

Seit 2009 bietet tredition sein Verlagskonzept auch als sogenanntes "White-Label" an. Das bedeutet, dass andere Unternehmen, Institutionen und Personen risikofrei und unkompliziert selbst zum Herausgeber von Büchern und Buchreihen unter eigener Marke werden können. tredition übernimmt dabei das komplette Herstellungs- und Distributionsrisiko.

Zahlreiche Zeitschriften-, Zeitungs- und Buchverlage, Universitäten, Forschungseinrichtungen u.v.m. nutzen diese Dienstleistung von tredition, um unter eigener Marke ohne Risiko Bücher zu verlegen.

Alle Informationen im Internet: **www.tredition.de/fuer-verlage**

tredition wurde mit mehreren Innovationspreisen ausgezeichnet, u. a. mit dem Webfuture Award und dem Innovationspreis der Buch Digitale.

tredition ist Mitglied im Börsenverein des Deutschen Buchhandels.

Dieses Werk elektronisch lesen

Dieses Werk ist Teil der Gutenberg-DE Edition DVD. Diese enthält das komplette Archiv des Projekt Gutenberg-DE. Die DVD ist im Internet erhältlich auf **http://gutenbergshop.abc.de**

Zeitfracht Medien GmbH
Ferdinand-Jühlke-Straße 7
99095 Erfurt, Deutschland
produktsicherheit@kolibri360.de